시詩답잖은 사과

김동선 시인은 2020년 계간 ≪리토피아≫로 등단했다.

e메일 : kds4027@korea.kr

리토피아포에지 · 107
시詩답잖은 사과

인쇄 2020. 9. 10 발행 2020. 9. 15
지은이 김동선 펴낸이 정기옥
펴낸곳 리토피아
출판등록 2006. 6. 15. 제2006-12호
주소 22162 인천 남구 경인로 77(숭의3동 120-1)
전화 032-883-5356 전송032-891-5356
홈페이지 www.litopia21.com 전자우편 litopia@hanmail.net

ISBN-978-89-6412-134-4 03810

값 10,000원

이 도서의 국립중앙도서관 출판예정도서목록(CIP)은 서지정보유통지원시스템 홈페
이지(http://seoji.nl.go.kr)와 국가자료종합목록 구축시스템(http://kolis-net.nl.go.kr)에
서 이용하실 수 있습니다. (CIP제어번호 : CIP2020035696)

김동선 시집

시詩답잖은 사과

리토피아
LITERATURE & UTOPIA

　붉은 팥죽처럼 늘어진 동짓날, 찰지게 내리는 눈이 넌 지금 행복하냐고 묻는다. 엉거주춤 타협한 시간은 감동적이지도 역동적이지도 않았다. 선심 쓰듯 던져진 시간 위에 끼적거린 것, 고작 그것이 전부였던 세월. 남루한 공무원 일상 속에 숨어 슬쩍 발을 들이밀었던 천박하고 흔한 기록과 기억이 어쩌면 당신의 상처를 위로할지도 모른다는 소박한 꿈, 멍하게 구름을 올려본 낡은 일탈이 한때 당신 가슴을 적셨던 유행가 가사처럼 그렇게 쓰였으면 하는 바람 삼십 년 동안 내 등을 떠밀던 그 쓸쓸한 바람이 잦아들고 있음을 느낀다.

　더는 새로운 꿈을 꾸지 못하는 밤 검은 우물 속으로 한없이 추락하던 어린 시절 꿈만 끊임없이 되풀이 된다. 이제 불면의 시간을 내려놓아도 좋을 듯싶다.

2020년 여름
김동선

차례

제1부 **청춘은 가고 서리꽃만 무성하네**

제2부 꽃은 제멋대로 핀다

제3부 꿈에서 깬 새벽, 훔친 눈물은 달다

제4부 바람이 호수의 경계를 넓힌다

청춘은 가고 서리꽃만 무성하네

동안마을 봄

팔려나가지 못한 벚꽃도 앞다퉈 핀다
목줄 풀린 검은 개 하염없이
논두렁을 걷는다
독한 정적만
낡은 슬레이트 지붕 밑에 쌓이고
비료 실은 트랙터를 몰고 나간 이장도
선거운동 간 부녀회장도 기척이 없다
보개산 올라가는 산길은 오래전 막히고
경로당 앞에 정자 세우고 한 잔 하자던
노인회장은 백내장 수술하러 떠나고
혼인 날짜 잡아 놓고 사라진
새색시를 기다리는 동안에도
마늘 싹은 파랗게 올라 온다

때늦은 후회

돌침대가 데워진다
얼어붙은 몸이 녹는다
껍질이 타지 않을 정도로 지지고
뒤척일 때마다 오만가지 양념을 뿌린다
수없이 잘 익은 생각을 먹음직스럽게 차려본다

오랜만에 본 너는 식욕이 없어 보여
도드라진 손목의 정맥만 슬퍼 보여
타르와 니코틴과 일상이 뒤범벅된
분홍색 손톱 사이 까만 때와
어색한 침묵이 신경을 거슬렀다
지독한 약시의 너는 변죽만 울리며
네 말만 더듬다가 슬그머니 사라졌다
불치의 병에 대해 슬쩍 흘렸던 것도 같다
내가 먼저 박차고 일어났어야 했다
창밖에는 지랄같이 눈이 내리고
축축하게 녹아내린 발자국과

가느다란 손목을 감추던
회색 카디건 보푸라기가
한참 더 눈앞에서 나풀거렸다

돌침대가 다시 차갑게 식는다
별 뚜껑을 젖히고 스위치를 켠다
몇 번을 더 뒤척거렸지만
너무 어두운가
별은 보이지 않는다

시詩답잖은 사과

흐린 하늘, 새도 자유롭게 날지 못하지
부력에 감춰진 먼지의 무게가 버거워 미안해
아니지, 미세먼지가 잘못했어
A와 B의 상관관계를 따지다가 새도 먼지도 아닌 내가
시답잖은 사과를 하지
바람의 구애를 뿌리치고 올곧게 방음벽을 오르던 담쟁이도
맥 빠진 듯 움켜쥔 손아귀 힘을 풀어버리네

목표 달성은 처음부터 불가능했다고
계절 탓하는 누군가를 위해 대신 사과하는 기상캐스터
잘록한 종아리가 닮은 고라니가
서리 맞은 청무로 허기를 채우고
미안하다는 말 한마디 없이 튀어버렸어
갈라진 발굽에 걷어차인 바람의 씨앗 주머니가
터지고 말았어! 미안해

어제 바람은 나뭇가지를 후려쳐 온 세상 단풍 물을 들이더니

오늘 바람은 사과도 없이 조신한 척 딴청을 떠는데
한 잎의 단풍도 매달지 못한 채
이별을 견뎌야 하는 나무에게도 미안하지

허리를 굽힌 채 만연한 부끄러움을 쓸어 덮는
경비원에게도 미안해
우수수 길을 뒤덮는 낙엽의 심술도
바람을 등에 업고 요리조리 피해다니는 낙엽도
바닥에 납작 엎드려 요지부동인 어떤 낙엽도
잔망스러운 낙엽의 장난이 불편한 노을만
마른기침을 퍼트리는 저녁

낙원 공원

가시에 긁힌 듯 실밥이 터진 하늘에는
상처의 붉은 기운이 미지근하게 남아있다
구부정한 추억을 흔들던 탁한 언어도
슬그머니 껍질을 벗어 놓고
하나둘 자리를 뜬다
불에 그을린 검은 손가락으로
다 타버린 재처럼 헐거운 시간을 뒤적이던
노인이 날갯죽지를 털고 일어선다
헐렁한 허기가 벤치 아래 떨어진 담배꽁초처럼
딱딱하게 식어 간다
공원에 벗어 놓은 그림자를 덥석 물고
새가 날아오른다
새의 길을 따라 또다시 먹물처럼 풀어지는 지루한 밤
가로등은 허리를 굽혀
노인이 흘린 잡담을 주워 담고
낮과 밤의 경계에 불을 켠다
얼어붙은 몇몇 기억을 지우는지

밤새도록 부스럭거리는 공원에
식혜 알처럼 삭은 별들이
알알이 떨어진다.

거미의 기술

늘어진 줄을 천천히 잡아당겨
나뭇잎 목덜미를 옭아매는
첫 번째 기술이 통한 듯
술술 속내를 털어놓는 나뭇잎 인맥이 선명하다

지독한 가뭄 때문에 속이 보일 만큼 부식된 잎과 잎
질긴 인연을 얽어 수선한 거미의 공소장
확정판결을 앞두고 마음 급한 거미는
집 한구석을 처분하고 짧은 수음 뒤
끈적거리는 욕망을 뽑아 날렵하게
두 번째 기술을 시전한다

투박한 나무의 질 속에 밤이슬을 밀어 넣고
슬그머니 쓸쓸한 가로등 불빛으로 들어가
반전의 삼각관계를 진술한다
허물어진 긴장의 틈새를 파고든 거짓말 탐지기
미세한 떨림에 이끌린 하루살이가

속속 걸려든다
꿀꺽 마른 침을 삼킨 거미가 회심의 미소를 짓는다

봄길을 걷다 보면

얌전하게 겨울잠 자던 길들을 주워 담은 땅꾼은
자루 속에 가둔 꿈과
구부러지고 뒤엉킨 봄을 찾아 분주하다
꿈틀거리며 앞으로 나갈 때마다
이별 앞에 돋는 푸른 샛길
오래된 길을 잘라 먹고 허기를 채운
부끄러움 때문에 두리번거린다
길가 나무는 단호하게 손 흔든다
뒤돌아 갈 수 없다고
제 그림자 밟고 도망치던 겨울이 뭉개질 때마다
또 다른 나무의 확신에 찬 손가락질
가장자리에 주저앉아 호미날을 세워
미끈거리는 껍질을 벗긴다
우매한 봄이 오래전 만든 물길을 따라
햇살에 눈을 찔린 벌레들이 기어 나온다
길 위에 피는 새싹의 헛손질
고양이가 흘린 울음이 주렁주렁 열리는

바람의 길을 단호하게 물고 사라진 새
밥을 먹을까, 아니 슬픈 노래만 먹을 거야
꽃길로 버무려진 시간을 먹을 거야
구부러진 길 위에 돋아난 혓바늘이 하나둘 지워지는
바야흐로 봄이다

망종

늦은 봄, 햇살을 발라낸 풍경도
눅눅한 접시에 옮겨 심고
환영! 귀촌을 권유하는 플래카드를 펼쳐도
오지 않는 새
논물을 가두고 새를 낚아챈 구름의
발목을 분질러 이랑에 심네
목발을 짚고 싹틔운 날개가
절룩거리며 검정비닐을 뚫고
흘러나오네
춘궁기를 기억하는 아카시아는
온몸을 흔들어 꽃비를 뿌리고
시든 날개는 허공에 심네
그래도 오지 않은 새를 기다리는 동안
옮겨 심은 모종은 시들시들
늦은 저녁 내내 몸살을 앓네
허기진 노루는 밤새운 궁리 끝에
새벽달 향해 경중경중 뛰어들고

덥석, 둥근달을 베어 문 채
검정 비닐 밭두둑에 제 발목을 심네
가을이면 갈라진 발굽에서
하얀 실뿌리가 자라고
노루 배가 달덩이처럼 익어갈 것이네

와신상담臥薪嘗膽

먹고 남은 쪽파를 버렸다
시들시들하더니 잡초에 파묻혀
미지근한 봄볕과 함께 사라졌다
볕이 따가운 하지夏至
억센 패랭이를 뽑아 버리는데
사내아기 불알처럼 탱글탱글한
쪽파가 달려 나왔다
죽은 줄 알았던 쪽파는
잠시 지상의 한때를 버리고
어두운 땅속에서 은밀하게
쪽수를 늘리고 있었던 거다
새로운 생의 밑그림을 그리며
이별의 단서를
갈무리하고 있었던 거다
시들시들한 치욕을 깨워
알갱이를 채우고 있었던 거다
버린다고 모두다

조용히 사라지는 것은 아니라는 걸
누군가는 기억해야 한다.

보개 면서기

면사무소 뒤뜰 개미는 토공 면허가 있지
단단하게 거푸집을 쌓는다
얍삽한 다람쥐는 알밤이
가랑이 벌릴 때를 기다리고
태풍에 관한 일기예보와
추석 대목을 가늠하며
담당 서기 속내를 해독한 공익요원은
하루 치 견적을 던져놓고 도망갔다
지하 창고에 쌓인 제안서와
관찰보고서에 곰팡이가 번진다
모호한 경계 측량과
노인정 설계도면에 관한 이력은
색색의 견출지로 분철 된다
점심을 끝낸 늙은 서기는
짜장과 짬뽕의 갈등을 접고
로또복권 당첨번호를 분석하며
오후 일정을 조율한다

민원은 대개 눅눅하고 가난하여
빨갛게 부풀어 오른 유전인자를 내보이며
주저앉을 기세
민원담당 서기는 머리를 극적이며
지루한 삶의 당위성을 돌돌 말아
흡연의 역사를 피워 올린다
그럭저럭 잘 먹고 잘 살고 있다고
길어진 햇살이 사뿐사뿐 내려와
여름 한 철 덧난 상처를 보듬는다

처서

기다린 보람이 이런 거군요
치욕을 견디고 폭염도 외면하고
목 터지게 당신만 불렀어요
치마폭 가득 찬바람 안고
한걸음에 달려온 늙은 엄마
까맣게 여문 녹두 꼬투리가
이제 막 벌어지려 해요
늘 종종걸음으로 세월을 넘은 당신
이제 가쁜 숨 달래고
돼기밭 가득한 햇빛을 봐요
파란 배추벌레도 소리를 버리고
나비가 되었네요
그리워지면 그냥
붉게 타오른 백일홍을 보고
유년의 기억을 꺼내
박주가리 꽃잎을 후후 불면
여전히 저녁놀은 붉게 물드네요

올가을은 꽃씨를 받아
고이 간직하진 말아요
기억의 창고를 비워야만
가득해지는 계절이에요

아나키스트

따 다다닥. 움찔 돌아본 숲속
딱따구리의 몰입
낯선 시선에도 멈추지 않는
아나키스트
나무는 시간의 관찰자
내부를 향한 총질에도
아랑곳하지 않아
아무 짓도 상관없어
따 다다닥.
소리를 내주고 돌아앉아
식은땀을 훔치는
아나키스트

어느 날 오후

쏜살같이 견인 차량이 달려오고
선명한 스키드마크 위에
유통기한 지난 깡통이
뭉개져 나뒹군다
갓길에 버려진 후줄근한 오후
접촉사고의 충격에 단풍나무는
입술만 달싹거린다
오지 않는 약속을 기다리며
헐렁하게 비워지는 도로
하얗게 표백된 기억의 여백을
유영하던 잠자리 날개가
하향 곡선을 그리고 있다
상실의 시간을 뚝뚝 분지르며
아파트 담벼락을 돌아서는데
사고의 단서를 찾은 듯
꾸역꾸역 뒤를 밟아 오는
시든 그림자가 보였다.

태풍

밀려오는 파도를 감지한 넙치는
가두리를 넘는 꿈을 꾼다
뉴스는 태풍의 위력에 뒤집어진
양식장 안타까운 사연을 반복해 전하지만
눈치 빠른 넙치는 벌써 바람을 타고
더 넓은 바다로 올라간 사실은 알지 못한다
담장을 넘어 도망치던 바람난 암탉
발톱에 걸린 오이 넝쿨은
야무지게 바람의 허리춤을 움켜쥔다
무너진 틈을 파고든 바람은 더 강력해
바닥에 내 던져진 오이를 한 입 베어 먹는데
소태처럼 쓰다
올라오는 태풍 소식에 지레
겁을 먹어 그런 듯싶다
단단한 것들은 쉽게 무너지고
죽은 가지는 부러져 바닥에 나뒹군다
두려워할 필요는 없다

여름 한 철은 흔들리며 가는 것
납작 엎드려 바닥을 기는 패랭이는
빙긋 웃는다
살아있는 것은 모두 흔들린다

장승

가을비 오는 날 마침내 넘어졌다
이제야 편안하게 웃는 모습 그대로
드러누운 장승
생애 처음 올려다본 하늘은
전생의 푸른 잎이 붉게 물들며
또 하나의 생을 환송하고 있다
처음부터 아랫도리를 내준 것은 아니다
부리부리한 눈
벼락 칠 듯 붉은 입술
누구도 감히 찝쩍거리지 못했다
당당하게 면사무소 입구를 지키는 동안
잡스러운 기운은 경계를 넘지 못했다
심술 맞은 바람도 피해가던 시절은 가고
다리에 힘이 빠진 무료한 장승은
한동안 죽은 척 움직이지 않았다
그제야 굼벵이와 개미가 속살을 파먹고
날아가던 새가 머리에 앉아 놀고

가을비 내리는 날 장승은
아무도 모르게 쓰러져
전생의 구름을 끌어안고 웃는다

추석 명절

소박했던 아버지 식성에 맞춰
차례상을 진설하고
누이는 노릇노릇한 복통을 앓는다
뒷동산을 넘어 방죽으로 걸어간 삼촌은
족대를 휘둘러 물고기를 채집하고
퍼덕거리는 술상 위를 달려
세상을 정복한 칭기즈칸
독주가 비워지고
푸른 보드카 바닥이 보이면 늙은 엄마는
만취한 달이 굴러 떨어질까 봐 걱정이다
들락날락하던 햇살과 바람도 잠잠해지면
휴학한 예비군 아들 전셋집 걱정
시집 장가 예단 걱정
용처가 정해진 날들을 걸고
오래된 친구와 화투를 친다
한쪽 다리를 잘라 집에 두고 온 친구의
부르르 새 나온 대출이자

납부도래 문자 한 통
처마 끝에서 기웃대던 보름달이
움찔, 뒤 돌아앉는다

인사발령

길섶에 머리를 처박은 장끼의 발목
부끄러워요, 아버지
결심이 서면 아버지는 늘
길고 단단한 검지로 대님을 묶었다
재실 창틈을 비집고 스민 햇살에
절을 할 때마다 뭉개지는 봉분
이제 떠나야 한데요
양 한 마리, 양 두 마리, 양 세 마리
불안의 뼈를 발라 허기를 채운
흘러간 시간이 모두 부끄러워요
잘못했어요, 할머니
하얀 이빨을 단정하게 빗질하던 장묘 전문가
이장을 하는 게 아닌 것 같아요
숙직 고사 지내던 날
환하게 웃던 돼지머리를 향해
연신 셔터를 누르던 공무원
동전 한 입 크기로 번지던 원형 탈모증과

발효된 그늘이 축축하던
청사 마당 가득 찬 막걸리 냄새를
아직도 못 잊은 내가 부끄러워요.

이발

그 많던 엑기스는 어디로 흘렀을까
형광 빛에 반사된 이발사의 손가락은 창백하다
푸석한 머리털의 사내들은, 스포츠신문 한구석을 들춰
음경 확대 광고문을 찬찬히 훑어가며 차례를 기다린다
사각사각 푸르스름한 권태의 끄트머리가 잘려, 수북이 쌓
인다
피곤한 사내가 슬그머니 잠속으로 도망칠 때마다 이발사는
손가락을 동그랗게 말아 올려 터럭 속에 숨어있는 새치를
골라냈다
욕구불만으로 비대해진 목덜미에
장미꽃 문양의 붉은 반점이 선명하게 드러났다
이발사는 의자를 뒤로 젖혀 발기부전으로 움츠러든
사내의 일상을 내려놓고, 하얀 거품을 풀어
따끈한 물수건으로 사나운 꿈자리를 데웠다
날카로운 면도날의 기울기를 조절할 때마다
이발사의 입꼬리가 올라갔다
문득 최면에 걸린 사내가 섬뜩한 전율에 목을 내어놓은 채

잠 속으로 빠져든다

전생의 궤적을 따라 풋풋한 청춘이 되살아나고 있었다

백일홍

늙은 엄마의 뜰
숲으로 포위된 작은 빈터엔
찬바람 불어온다고 한껏 몸을 움츠린
시퍼런 배추나
반쯤 들어낸 하얀 뿌리를 굳이
감추려 하지 않는 총각무나
인기척에 놀랄 겨를도 없이 열매를 쪼는
새떼의 거친 호흡이 가득합니다
된서리가 오기 전까지 늦게 핀 백일홍일수록
더 붉어지고
작은 들국화가 더 진한
향기를 뿜어냅니다
통통하게 살이 오른 발정 난 개나
기운 떨어진 나비 할 것 없이
한쪽 눈 질끈 감고
슬금슬금 다가오는 겨울을 외면합니다
무성했던 호박잎은 슬레이트 지붕에 덜렁,

달덩어리 하나 떨구고
부풀어 오르는 그리움을
꾹꾹 눌러 담고 있습니다
소름처럼 번지는 상처를 서로가 외면한 채
창문마다 두꺼운 비닐을 덧씌우고
가난이나 쓸쓸함이나 그런 것들
여간해선 속내를 드러내지 않습니다

저 혼자 잠 못 드는 율곡리

기차가 서지 않는 구제역
휩쓸고 간 바람은 차가웠지
우유를 싣고 갈 집유차는
하얀 불빛 몇 점 내려놓고 돌아가고
혼자 떨어지던 빗방울은
동그란 풍선을 불다가 부서지고
역병에 걸린 짐승을 묻고 돌아온
율곡리 주민은 울지 않는다
밭두렁과 산등성이 작은 방죽
가장자리 할 것 없이 하얀 찔레꽃
흐드러지게 피는데
눅눅한 마을회관은 간이역
소리 없이 울렁거리며 술잔만 기울이고
구제역으로 통하는 길 위엔
돌아가라고
이곳은 슬픔이 전이되는 위험지역
소독약과 마스크를 쓴 이방인에 포위된

손바닥만 한 율곡리 하늘은
흐르지 못한 꽃향기만 차오르고
율곡리 검은 밤을 탈색할 소독약을 지으며
산사람은 어떻게든 살아지는 거라고
헤드라이트 불빛 속으로 걸어와
캔커피 하나 건네주던 이방인도
손사래 치던 바람도 떠나고
저 혼자 잠 못 드는 율곡리

녹슨 경첩

문을 열 때마다 울음소리가 난다
낡은 경첩이 무게를 견디는 소리
흰 페인트가 벗겨진 자리에
붉은 녹물이 번진다
녹은
끓어오르다가 식은 날들
흰 페인트를 뒤집어쓴 채
아무도 알아주지 않던 날들을 견디고
제 몸을 화폭 삼아
뜨거운 용광로 속 기억을 그려낸다
철커
문이 잠기고 마침내
어둠에 갇힌 붉은 헛발질이
제 모습을 드러내고
장렬하게 산화하는 중이다

제2부

꽃은 제멋대로 핀다

홍매

꽃은 구름의 적자이거나
바람의 사생아
짙푸른 몽고반점은
바람의 이빨 자국
구름이 핥고 지나간 꽃받침
반쯤 벌어진 꽃잎에
화룡점정
붉은 목젖을 찍은 새가
천천히 날아간다
쓸쓸한
또 하나의 겨울이 완성된다

매실

헛꽃 피기 전 가지를 잘라야 한다고
톱을 들면 매실나무는
굽신거리며 머리를 조아린다
톱질을 하면 나무는 자르려는 힘과
같은 방향으로 몸을 흔들며
쉽게 잘려나가지 않는다
맞은편 나무도 따라서 가지를 흔드는데
잘리는 것을 모면하기 위한
현란한 페인트 모션
그래서 오른손으로 톱질할 때
왼손은 더 강한 힘으로
가지를 움켜쥐어야 한다
불안에 떠는 나무의 마음을 다독여야
마지못해 하얀 톱밥을 내주는 것이다
나무의 엄살에 농락당한 왼손은
새 손가락을 싹틔우기 위해
꽃 같은 물집이 터지는 것이다.

자작나무

자작나무 가지를 잘라
모닥불에 던지자
열기에 휩싸인 눈에서
연두색 잎이 피어난다
잘린 나뭇가지 하얀 꽃눈이
팝콘처럼 튀어오르고
봄이 오면 뒤뜰에 불 피우고
술 한 잔 하자던 외삼촌
하얀 틀니가 덩달아 반짝거린다
후끈 달아오를 때마다
타닥타닥 타버린 거짓말이
가슴을 후빈다
그새를 못 참고 돌아간 외삼촌처럼
봄은 해마다
느닷없이 왔다가 간다.

쑥

삼월 큰딸 생일 즈음엔
쑥이 돋네
거뭇거뭇하던 할머니 인중 잔털 같은
쓸쓸한 바람만 뒤척이던 밭두둑에
기척도 없이 쑤~욱
도대체 어디서 왔는지
지난여름 곡식들 사이 숨어
질긴 목숨 연명하던 그놈 같기도 하고
제 어미한테 버려져 눈칫밥 먹던
눈만 커다랗던 사촌 동생
잊고 있었던 쑥이 돋았네
손톱이 자빠지도록 뽑아 버렸던
주는 것 없이 미웠던
할머니 치맛자락만 붙잡고 앙칼지게 울어 젖히던
삼월 이맘때면 잊지 않고 찾아오는
불청객 같은 쑥
삼십년 전 돌아간 할머니가

풍년초 말아 피워내던 연기
불현듯 그립던 쑥이 들판을 휘덮는다
청상과부 할머니가 끝내 말하지 못한
쑥떡 같던 청춘이 환생한 쑥

자목련

구름의 아랫배가 처지고
겨울을 견딘 자목련이
사월을 카운트한다
잔뜩 긴장한 와류가
목덜미를 휘감고
가볍게 떨리는 꽃받침
최초 우주에 진입한 나로호처럼
바람의 저항을 떨쳐낸
페어링이 분리되고
구름의 배란일에 맞춰
장엄하게 폭발한다
자목련은 뾰족하고 날렵한
우주의 성기
붉은 물이 든 하늘이
진저리친다

벚꽃

구포동 성당 종탑 소리 울린다
놀랜 벚꽃 우수수 떨어지고
구부정한 노인은 흰 머리칼 휘날리며
종종걸음 쪽문을 연다
산밭 비탈에선 호미질에
잠이 덜 깬 개구리가 눈만 껌뻑이고
나비가 꽃 주위를 빙빙 돌면
노란 현기증에 하늘이 비틀거린다
민들레도 울컥울컥 햇살을 게워내고
별나물 입에 넣고 우물거려도
딱히,
더 즐거운 소일거리는
생각나지 않는 봄

복숭아꽃

벌겋게 달아오른 복숭아꽃과
눈싸움하는 봄날
하필 때맞춰 바람 불고
눈 깜빡거린 내가 졌소
당신을 붙어먹으려 혈안이 된 꿀벌에게
넋을 놓아 버린 당신
마음을 되돌릴 달콤한 언변도
절박한 거짓말도 모르는 나는
이미 타오른 당신을
멀찌감치 바라볼밖에

으름꽃

상승기류를 휘어잡은 으름 넝쿨이
하늘로 솟구친다
꽃잎이 벌어진다
우산이 뒤집히고
비에 저격당한 아이들
오래된 성당 언덕을 뛰어내린다
빗물이 무릎을 적시는 것은
바람의 속도 때문
천둥소리는 빗나간 벼락이 내린 선물이다
깨진 무릎에서
보랏빛 꽃물이 배어 나온다
하필이면 그날 비가 내려
넝쿨에 걸려 넘어진 바람이
골목을 부둥켜안고 운다

불두화

내 귀속에서 오글거리던 환청에 따르면
무게를 못 견딘 줄기는 아침 여덟 시쯤
부러진 것으로 추정된다
우수수 떨어진 꽃잎이 길이 되고
담장을 넘은 불두화
푸른 혈관을 따라 흘러나온 향기가
사악한 기억을 물들이고
허공을 둥둥 떠도는
꽃의 비명과 전기 드릴
덩어리, 덩어리진 소리의 무덤
속에서 작은 트럼펫이
무수히 쏟아져 내려 일순간
골목길은 독경으로 흘러넘친다
귀를 막고 허름한 집 안으로
뚜벅뚜벅 걸어 들어간 거울 속에서
꽃의 내장을 후벼 파는 동안

빗장을 걸어 잠근 우물 속에 갇힌
매미 소리, 소리, 소리

장미

바람과 눈이 맞은 마학길에선
무심코 허리를 돌리는 것도
죽순 끝에 맺힌 물방울을
터는 것도 조심스럽지
골목길 돌담 아랫배가 벙긋, 부풀었고
불쑥불쑥 솟아오른 죽순과
그늘을 깔고 누운 단풍나무 씨앗이
용의 선상에 올랐다
바닥에 널브러진 씨앗들은
구둣발에 밟혀 부서지면서도
저는 결백하다고
아드득 아드득, 앙살하고
드디어 몸을 푼 골목에
붉은 핏물이 홍건하네
출처를 알 수 없는
가늘고 긴 목에
지나가는 바람이 눈만 부릅떠도

금방 눈물이 뚝뚝 떨어질 듯
커다란 눈망울이 붉어지는 꽃

금계국

금계국, 금계국
낯선 꽃 이름을 부를 때마다
까슬까슬한 분노가 입천장에 달라붙는다
잘려나간 산비탈이 몸을 추슬러
노란 꽃잎을 게워내는 동안
선산의 혈맥은 악몽으로 채워졌다
가느다란 줄기를 버린 꽃잎 속에서
저벅저벅 걸어 나온 증조부
조상을 버린 척박한 비탈면의 풍습을
시조 한 수에 담아 길게 뽑아낸다
금계국, 금계국 꽃 이름을 되뇌면
내 안쪽을 흔들던 분노가 슬그머니 날아간다
노란빛은 휘발성의 근원
금계국은 가난한 후손의 왕국이다
아버지 속앓이처럼
꽃잎을 떨군 후에야 까맣게 뭉쳐진 씨방

그 안에 번쩍거리는
황금빛 왕국을 본다

접시꽃

헛배만 부르고 먹은 것 같지 않다고
시누이 손녀딸 결혼식 다녀오는 내내
늙은 어머니는 따끈한 잔치국수를 되뇌는데
바람의 수신호에 따라
붉은 꽃잎을 펼치고
하얀 꽃잎은 접을 줄 아는 접시꽃
먼저 핀 꽃잎이 떨어지고
꼭지가 꾸덕꾸덕 마르는 시간에 맞춰
끊임없이 새로운 꽃을 피운다
병이 깊어 먼저 떠난 아내가
느릿느릿 환생하는
유월의 감옥에 갇힌 남자가
숨죽인 채 시동을 끄는 주차장 옆
식은 그리움을 뜨겁게 데워
환하게 담아낸 접시꽃 뷔페
바다 가득 떨어진 핏빛 울음 정도야
언제든 받아낼 수 있다고

접시꽃 한 개 딱 벌어지는
저문 귀갓길

달맞이꽃

낮과 밤의 경계를 서성거린다
수런거리며 지나가는 바람은
눈길 한 번 주지 않는다
그래도 괜찮다
기다림의 끝은 늘 허망하였고
계절의 시작 즈음에 걸어둔
그리움은 이미 낡았다
나는 써늘한 어둠의 양미간에
불을 켠다
노란 이슬을 태워 지루한 논쟁의 무덤에
번득이는 독설을 꽂는다
달이 있는 한 나는
어둠의 자객
침묵을 찢고 나온
밤 저쪽 한낮의 햇살로
불면의 시간을 벤다
내 안의 노란 살과 뼈의 진액을 짜내어

더 멀리 더 강하게 쏘아 올리기 위해
아침이면 벌어진 입술을 앙다물고
바짝 오그라든 포신은
붉은 해를 정조준한다.

해바라기

고개 숙인 해바라기가 꿈쩍도 하지 않는다
이글거리던 태양이 서산을 넘을 때도
붉은 노을 길게 늘여 옆구리를 찔러도
도리도리 머리만 흔든다
온종일 해만 바라보고
여름내 해를 따라 살랑대는 너를
오로지 해만 좋아하는
지조도 없이 화려하고 강렬한 유행만 좇는
천박한 꽃인 줄 알았다
네가 가슴에 무수의 새끼 꽃을 품은 줄도
해를 따라가는 운명인 줄도 몰랐다
가슴에 품은 작은 꽃이 태양의 흑점을 받아먹고
단단한 줄무늬 씨앗으로 영글 때까지
구름과 비의 풍문과 수모를 견디며
헤벌쭉 바보처럼 웃기만 하던 꽃
웃음으로 젖은 바람과 그늘을 속이고
오로지 해가 전 생애였던 꽃

햇빛을 받아먹느라 혀를 빼물거나
구석에 박혀 새초롬한 놈도
까맣게 여문 가을비 오는 날
그제야 해바라기는 운명을 버리고
고개 숙인 채 미동도 없다.

부레옥잠

스님, 목탁으로
금강송을 툭툭 친다
일사불란 목어를 향해 전진하던
개미 떼가 일제히 얼음,
한다
졸고 있는 진돗개 눈 속으로
초록 짙은 땡감이 떨어진 찰나
전생이 순해진다
잡초를 뽑다가 녹슨 호미에게
살생을 금지한 대웅전은
벌레들의 극락
스님은 늘어진 부레옥잠을 덜어
그늘 밖으로 내버린다
슬쩍 들고 가서
우리 집 어항에 넣어줄까
잠깐,

바람 가득한 부레를 갖고 싶다는 물욕이
스멀스멀 내 가슴에 차올랐다

박주가리

젊음은 늙은 틈새에 기생하는
박주가리 같은 것
깃털처럼 가벼운 탈선을 꿈꾸다가
빙빙 돌며 지상의 풍향을 경계하다가
기력이 다한 씨앗은
낯선 골목 위에 하얗게 뭉개진다
내 가슴은 쿵, 한꺼번에 무너진다
왜 하필이면 단단한 시멘트 위란 말인가
의문의 단서를 풀어줄 노래는 낯설고
단단한 곳에 뿌리내리고
살아간다는 것은 고독한 일
그러므로 박주가리 덩굴을 헤집고 가는 노인이
걸음을 옮길 때마다 골목길엔
깊은 주름이 새겨지는 것이다

한 방

지금은 아닐지라도
누구나 한 방은 있다
담장 너머 손바닥 선인장은
늘, 구름 엉덩이를 찌를 수 있는
가시가 있다
벌레를 삼킨 모과는
툭, 골목길을 걷어차고 사라지고
살찐 새의 식탐이 중심을 흔들어도
전깃줄 위에서 아슬아슬
균형을 잡은 잠자리
살금살금 다가온 손가락쯤은
빙글빙글 한 방에 뒤집을 수 있는 눈이 있다
말벌은 무수히 날개를 털어
노란 화점을 정조준하고
안성천 늦가을 갈대는
구름을 향해 일제히 목을 꺾어
무심한 척 바람의 어깨를 벤다

도라지꽃

꽃은 미끼에 불과했다
푸른 바람에 일격을 맞고
비스듬히 기운 꽃대
보라색 꽃잎을 상납한 도라지는
시치미 뚝 떼고 돌아눕는다
그 누구의 범접도 허락하지 않던
산밭 속살을 조심조심 호미질 하는데
땅 밑은 이미 두더지 세상
은밀하게 통정한 도라지
갈라진 뿌리에서 아릿한
살 냄새가 났다.

구절초

누군가 뒤를 밟는 모양이다
구절초 꽃잎 흔들릴 때마다
구름 사이 천왕봉이 사라졌다가
간혹 푸른빛을 몰고 나타났다
목덜미를 후려치는 서늘한 바람을 피해
꽃으로 기억될 시간이
얼마 남지 않았다고
폭우를 견디고 불볕더위를 통과한
쓸쓸한 기억도 하얗게 탈색 중이다
가는 줄기가 휘청거릴 때마다
그 아득함에 또르르 말린 꽃잎
잔뜩 웅크린 고양이가
길어진 구절초 그림자를 밟고
앙칼지게 향기를 낚아채 사라진다

공무원

복사기에 오늘을 올려놓고
시작 버튼
초록색 불빛과 함께
오늘 같은 어제가 팔랑 떨어진다
내일의 고단함을 위로할 겸
용지매수 25 한 달 치
일시사역 인부를 출력한다
한꺼번에
오늘 같은 내일을 복사한다
어제처럼 오늘도 그는
흔들리지 않는 시간을 되새김질하며
소화되고 남은 찌꺼기를 뱉어내고
내일, 어제, 오늘
너무나 똑같이 복사된 시간이
뒤죽박죽 헝클어져
하루를 개기 위한
시간외근무를 한다

고라니 경전

매화나무 햇가지 잘라
울타리 세운 숲은 밀교의 사원
물관이 잘린 나무가
푸른 눈물을 흘리고
꼬리에 흠뻑 적셔 일필휘지로 써내려간
고라니 경전
점자로 박힌 꽃눈이
번쩍 눈을 뜨고
묵은 가지에 핀
푸른곰팡이를 숙독한다
합장한 봉분 위로
허기진 새봄이 들불처럼 일어서고
미처, 의관을 못 갖춘 고라니
꼬리를 말아 넣고
산비탈을 넘는다

눈 내리면 명퇴를 꿈꾼다

정해진 알람보다 먼저 잠 깬 새벽
숙취로 출렁거리는 머릿속은
보고, 결재, 회의, 민원
주로 두 자로 된 단어가 파노라마처럼 돌아가지
월요일은 정말 눈 뜨기 싫어
생각을 말아야지 할수록 잠은 달아나고
희끗희끗 돋아난 수염을 밀고
숱 없는 머리칼을 바싹 세우고
별빛에 흔들리다가 떨어진 이파리에 대한
나무의 회한을 추궁한다
폭설에 점령당한 출근길은 정말 싫어
명퇴를 할까 공로연수를 갈까
소란스럽게 눈이 내리고
어깨를 웅크린 채 투덜거리며
이미 굳어 버린 나무의 각질과
종아리 정맥류에 대해 분노한다

사무실 세콤 붉은빛이 초록으로 바뀔 때까지
명퇴라는 불치병을 앓는다

구부러진 날들

언제부터 엄지손가락이 구부러졌는지
바로 세울 때마다 탕탕 통증이 밀려온다
늦가을 구멍 파고 양파를 심는데
구부러진 모종은 똑바로 서지 못한다
의기소침 구부러진 것들을 위해
엄지손가락을 함께 묻고 토닥거린다
새봄이 되면 춥고 아픈 기억을 털어내고
튼실한 손가락이 돋았으면 좋겠다
의사는 방아쇠 수지라는 처방을 내렸고
똑바로 서지 못한 것이 부끄러울 때마다
나는 주먹을 움켜쥐고 살았다
엄지 척 '최고야'를 외치던 시절이 그리울 때는
손가락을 잘라버린 친구와 술을 마셨다
비 오는 밤이 깊으면 뼛속까지 시리다고
뒷동산 늙은 나무도 구부정하게 돌아앉는데
가슴 쫙 펴고 바람을 안아주던
시절을 그리워할 뿐

벌떡 일어서지 못하는 노구가 부끄러웠다
밑에서부터 밀어 올리는 신경줄이 막혀
한 번 구부러진 산길은 펴지지 않고
늙은 산은 푸른 빗물에 몸을 담그고
새순이 돋아날 때를 기다리는지 미동도 하지 않는다
나도 차라리 굽은 손가락을
잘라버리고 싶은 날들이 있다

여운

그네를 타던 아이가 소리를 향해 고개를 돌리더니
그네를 버리고 달려가다가 멈칫하더니
아쉬운 듯 뒤돌아와 힘껏 그네를 밀어 올리고
아파트 입구를 향해 사라지는데
그네는 저 혼자 한참 더 흔들리고
옥상 끄트머리에 걸터앉아
흰 줄을 긋고 사라진 비행기를 물끄러미 바라보던 새가
부르르 깃털을 흔들 때마다 노을은 더 붉어지고
절 마당 연등도 덩달아 붉은 물이 들고
아버지 임종 전날 잡은 손에 남아있던
온기를 아직 기억하는데
조금 더 힘주어 잡았으면 주름을 타고 흐르던
마지막 말들을 탁본할 수도 있었을 텐데
그동안 고마웠다
잘 있거라 나 먼저 가마
창밖 어두운 하늘도 아쉬운 듯

붉어진 담쟁이 멱살을 잡고
오래오래 흔들고 있었는데

꿈꾸는 정류장

고삼 가는 버스를 기다리는
벚나무 치골에 새겨진 하트 문양 타투와
헛가지에 걸린 검정 비닐봉지 속
물고기 화석의 붕어빵이 닮았다
낮달을 덥석 베어 문 붉은 전화부스에
청테이프로 고정된 전단지 속에서
포토샵 올가미에 걸려 나풀거리는
목이 긴 저 여자
전생에 함께 손톱을 물어뜯던 붉은 석양과
어깨를 흘러내린 루이뷔통 가방을
돌려세운 저 여자
언젠가 한 번 만져본 듯한
흔적만 남은 젖꼭지
함몰된 분화구 속 미지근한 밀회를 기억하지
콜라텍 네온사인 아래 얼비친
살찐 비둘기가 벚꽃 엔딩을 부르고
마침내 페로몬 향수를 뿌리며 달려온

늙은 버스기사가 주섬주섬
흩어진 꿈들을 주워 담고 있다

한식

물풀 따라 흔들리다가 멈춘 채
박제가 된 우렁각시
갈라진 논바닥에 엎어져
미동도 없었는데
우렁이 껍질 속을 통과한 바람이
울음이 되어 날아오르면
감자 씨를 심는다
지난가을 황금 들녘에 숨어든 노루가
마른 목을 축이다가
나락 터는 트랙터 소리에 놀래
제 발자국도 수습하지 못한 채
우렁각시 하나 챙겨 들고 후다닥 튄 동산에
동그마니 솟아난 무덤 하나
여인은 마른 풀 위에 엎드려
미동도 하지 않는데
까마귀 한 마리 까아 깍
노을 속으로 지워지면

찌그러진 까만
콩을 심을 때가 된 모양이다

그늘

어머니는 아침부터 그늘 타령이다
하루가 다르게 크는 자작나무
그늘 들면 되는 곡식이 없다고
잡초를 뽑는 내내 그늘 탓은
무너진 담장 사이로
스며들어올지 모르는 흉측한 소문을
밀어내는 주문 같은 것이다
남자 그늘이 있어야 든든하다며 어머니는
온종일 그늘을 들어내다가
아예 나무를 베어 버렸지만
중풍에 쓰러져 돌아가신 아버지는
꿈에도 보이지 않았다

꿈의 질감

아프리카
우거진 밀림 속을 걸었네
원시의 마을에서 온종일
허리를 흔들며 춤추었네
난 굶주린 용사가 되었네
아프리카
우거진 밀림 속에
벌거벗은 내가 있었네
별이 떨어져
화톳불 위에 지글지글
익어가고
내 모습이 아름다워 낯설었네
꿈에서 깬 새벽
훔친 눈물에서 단내가 나네

백중

보살님 징 소리 맞춰
칸나꽃 더 붉어지네
지난봄 뿌려놓은 먼지의 씨앗
까맣게 잊고 산
나를 용서하길
무심히 흐르던 봄비가
느닷없이 꿈에 나타나
천도제를 올려야
꽃이 된다는 상사화
굵은 빗줄기 내려
기억 속 뿌리내린 슬픔이
오만가지 꽃이 되네
태풍에 쓸려간 아픔도
누군가 잊지 않은 덕분에
백중날 꽃들은
더 붉어지네

소나기

벼락 맞은 새가
담장에 내리꽂힌다
천둥소리가 구름다리 끝자락을
물고 사라지면
목을 졸린 무지개가
핏물을 떨어트린다
울다가 제풀에 지친 말매미가
굽은 산길
끝을 잡아당기면
노란 달맞이꽃 혀를 빼 문다
다시 캄캄하게 시든 하루를
터벅터벅 걷어차는데
주책없이 자꾸
눈물이 난다

가뭄

늙은 나무는 점점 기억을 잃었다
습기가 증발한 푸른 그늘
쓸쓸한 유월의 향기를 노래하다가
시들고 풀죽은 식물들
포도알을 솎아낼수록 태양은
더 크게 이글거렸다
손발이 잘려나간 구름은 할 일 없이 배회하고
비가 와야 하는데
행방이 묘연한 샘물의 추억
지하 깊이 스며든 장마의 날들이 그리웠다
바람에 흔들린 푸른 잎이
비를 몰고 오는 신기루
아득한 시선을 거둔 저수지는
바닥을 드러내고
굽은 어깨와 무릎의 통증은 심해졌다
아직도 지하 배수관을 은밀히 내통하는

마른 뿌리들의 탐욕이
숨 막히게 부러웠다

기우제

이어폰을 꽂지 말고
오늘은 우산을 챙겨야지
노래를 듣지 말고
숨죽여 노래해야지
문을 나서자마자
후두두 빗방울 떨어진다
목이 여린 금계국이 휘청거린다
쓰러지지 않겠다는 각오가
노랗게 꽃 핀다
우산에 쓸린 자귀나무 이파리는
쇳소리로 비를 불러내고
방부목 계단에 한 무더기
똥을 싸지른 고라니
구둣발에 채인 가뭄이
통통 튀어 오르다가 흩어진다
비가
팔뚝에 음표를 새긴다.

북어

한 달 내내 북어를 먹고
푸른 바다를 쌌다
낯빛이
검은 먹태로 변해갔다
목구멍에 해장국을 흘려 넣으며
바다의 깊이를 쟀다
취한 눈이 깊어지고
부르튼 입술에서 지느러미가 돋았다
제사상 위에 깨끗이 손질된
북어의 전생을 진설했다
바다를 헤엄쳐 온 아버지가 북어를 보고
싱긋 웃어 주었다

북어와 비상구

좁고 어두운 복도
비상구 표지판 위에 둥지 튼 북어
밤낮이 삭제된 녹색 바다에 갇힌
길흉의 진원지
중심 밖으로 한 발을 내디딘
불안한 표지판 속 남자를
명주실로 동여맨다
사랑은 집착이라는 흘러간 유행이
북어 눈 속에 기생하는 동안
바싹 마른 바다가 무너져 내린다
녹색 불빛을 향해 헤엄치는
전생의 지느러미
아가리를 벌려 길흉을 점치던
표지판 속 남자의 슬픈 헛손질
삭은 북어의 눈 속에
화석의 흔적이 보인다

바람의 무덤

잎은 바람의 위력과 지시에 따라 떨어져 날리고
구석에 모인다
그러므로 낙엽은 바람의 무덤
바스락거리며 부서질 발길 짖을 피해 도망친
소리의 소도
그러므로 낙엽은
흘러넘친 초록빛 나날을 못 견디고 사라진
햇볕을 해석할 유일한 비문이다
들키는 순간
눈물과 문장은 왜곡된다
그러므로 무덤 위에 웅크린 저녁을
아무도 들춰보지 않는 것이다

소호리 물안개

소호리 물안개는 따듯한 햇살에 싸늘한 그리움을 풀어 넣
고 성큼성큼
동쪽 굽은 산 그림자를 넘어 어두운 평온을 노략질하는
태양이
떠오르기 전, 스산한 풍경을 광학렌즈 촘촘한 그물망 속으
로 잡아당겨
후줄근한 불면의 밤하늘을 출력한다
구부정한 포즈로 살찐 둔부를 향해 소리 없이 다가오는
늙은
사진작가의 흐릿한 시력을 밀어내며 멍울진 환부를 사각
사각
탈수하고 어둠 속에 숨어 수런거리는 빛의 소립자를 먹어
치운다
과거 어느 시점, 불륜의 섬을 잉태한 기억을 우려내 부풀려
진 풍문들을
걷어내고 또다시 화려한 부활을 꿈꾸며 자궁 깊숙이 숨겨
두었던

태양의 미숙아를 해산한다

축축한 울음을 흔적 없이 지워낸 소호리 물안개가 늙은 사진작가의

시선 속으로 당당히 걸어 들어와 기울어진 세상의 한구석에 환하게

풍경 사진 한 장을 내걸었다.

영정사진

밑동이 잘린 고사목에
하얀 종이를 씌우고 쓰다듬는데
명료하게 탁본 된 아버지 손바닥
뭉개진 삶의 경계를 지우면
만개하던 목단꽃 잊지 못하지
검은 버섯과 먼지의 화석을 날리고
납작하게 눌린 죽음의 기억을 스캔한다
고흐의 해바라기밭 속에서
하얀 이빨을 드러낸 채 웃는 망자
초점이 흔들린 슬픔도
검은 사각의 틀 속으로 불러내
매끄럽게 절단한다
햇살 길어져 떠나기 아쉬운 날
도로변 줄 맞춰 늘어선 가로수에
노란 물을 들이고
굴종의 세월은 깔끔하게 찍어내고

지루했던 생의 흔적 위에
빛나는 명암을 덧칠한다

중독

희망은 재생되지 않는다는
숙성된 경험에서 훅, 비린내가 풍긴다
그건 바보야 숙성된 것이 아니고 상한 거야
말 통조림을 먹기 전에 레시피를 복기해야 했어
오래된 기억을 순서대로 조리한 늙은 친구 때문에
잊지 말아야할 치욕을 빼먹었어
혼자도 잘 살 수 있다는 희망은 가짜 뉴스일 뿐
말이란 생선 같아
너무 오래 참으면 비린내가 나지
난 너와 다르다고
우물거린 채 뱉지 못한 울화가 붉게 피네
소화되지 못한 말에 중독되어
온몸에 근질근질한 두드러기가 돋는다
예정된 알람보다 늘 먼저 깬 잠 속을
보고, 결재, 민원, 친절
유통기한 지난 말들이 유영하지
어젯밤 숙취로 출렁거리는 머릿속에서

희망의 말은 재생되지 않아
이미 등 푸른 생선에 중독됐거든 나는

입동

떨어진 후박나무 잎은
끝부터 갈색으로 물든다
비탈길 난간 비틀린 방부목
벌어진 틈에도
아무도 몰래 스며든 버섯
수분이 날아간 갈피마다
쪼글쪼글한 햇살을 쟁여 넣는다
덤불 속에 버려진 빈 병
푸른 이끼가 자라고
관광버스는 고동을 울리며
언덕을 넘고
지난여름 산불이 번졌던 자리엔
거뭇거뭇 금계국 씨앗이
상흔으로 남았다
겨울은 견디는 거라고
우선은 올 한해 잘 살았다고
깊은 생각에 빠진 나무는

흔들리지 않는다
비워진 의자 밑으로 들어가
일사불란하게 줄을 맞춰
낙엽은 겨울이 된다

배추벌레

태풍이 지나간 파란 하늘을 배경으로
박주가리 하얀 씨앗이 훨훨 날아간다
바싹 말라 자유롭게 흩날리는 것들
미지의 시간을 찾아 떠나는구나
떠나지 못한 것만 쓸쓸히 남겨지는 가을
속이 차오르는 배춧잎을 지푸라기로 묶는데
영역을 침범당한 사마귀가 머리를 곧추세운다
누구 마음대로 당신이 배춧잎을 옭매는가
누구를 위해 지푸라기를 돌돌 말아
배춧잎 허리춤에 찔러 넣냐고 질책한다
사각사각 가을의 흔적을 지우다가
배춧잎 깊은 우물에 갇힌
벌레와 같다는 생각에 결박당한
온몸에 스멀스멀 소름이 돈다

| 제4부 |

바람이 호수의 경계를 넓힌다

동상이몽

오십 년 지기 목련과 벗나무가
다투어 꽃 피고
이어달리기 경주하듯 쏜살같이
낙하하는 봄날
바람에 기댄 목련은 그늘과
은잔을 내줄테니 밤새워
술이나 한 잔 하자 하고
돈이 너를 행복하게 해줄 거야
절그럭절그럭 치부책을 넘기며
은화를 피우는 벗나무
꽃잎은 깨끗이 비운 술잔
바람에 뒤통수를 얻어맞고
갈색 멍이 번지는 목련 꽃잎과
뚝뚝 떨어지고 흩날리며
은전을 주워 담는
동상이몽의 봄날

수음

나무가 노래하면 봄인 거지
한 번 쓰고 버려진 손가락 무덤에도
하얗게 탈골된 뼈가 싹트고
무성생식의 시간이 도래한 거지
후박나무가
이끼 옷을 갈아입은 장군석 어깨에
마른 손바닥을 부려놓고 지분거린다
겨울 햇살에 붙잡힌 잡목들도
허리춤에 감춰 둔
가늘고 흰 손가락을 꺼내 흔든다
마지막 잎을 내려놓는
신들린 나무의 노래에 떠밀려 오는 봄
성질 급한 복수초도 실눈을 뜨고
노란 손을 꺼내 흔든다
꽃을 잉태한 나무가
절정의 순간을 써 내려갈
윤회의 법문을 끌어 올리는지

겨울 숲은
바스락거리는 소리로 가득하다

언덕의 자서전

짧은 봄날 허기진 고양이가 다녀갔다
여름 철새 해오라기는 잿빛 날개를 접고
단단한 바위에 무너져 제 목숨을 벼리고 있다
막다른 계절의 한가운데 무릎 꿇고
아직은 포기 못하겠다고 목숨을 흥정한다
고양이는 낡은 털을 세우고 느릿느릿
차갑게 식어가는 먹이를 향해 기어가는데
언덕에 꼬친 새, 움직일 줄 모르고
나는 붉은 피와 살과 목숨을 흡입하는 블랙홀
입술을 달싹거리며 새의 이력까지 소화한
고양이의 허기와 푸른 수염의 내력을
허공에 쏘아 올린다
유리창 밖 사내가 온몸을 비틀어
구조요청 신호를 보낸다
뛰어내린 사내의 체온을 수신한 나는
덤불처럼 쓸쓸해 보이는 후반부를
새가 사라진 자리에 덤덤하게 새긴다

고양이 가죽 위에 신선하게 기록된 사내
아~ 하고 탄식을 터트린 고양이가
양지쪽 동그란 무덤 한 겹을 내어준다

감자 싹

검은 비닐봉지 속 감자는
봄바람 살짝 들쑤시기만 해도
푸른 싹을 틔웠다
막내를 기다리며
베란다에 쪼그려 앉은 엄마는
손톱 밑에 파란 물이 들 때까지
감자 싹을 땄다
때를 못 참고 욱하는
한 성깔 하는 자식 흉허물 들킬까 봐
쪼글쪼글한 감자 껍질을 벗기고
하얀 속살을 발라 저녁상을 차렸다
싹수가 노란 막내는
푸른 독을 우려낸 감자찌개를 먹으며
엄마 이마에 낙인처럼 새겨진
쪼글쪼글한 주름이 못마땅하여
두 눈 내리깔고

목덜미 푸른 힘줄이 도드라질 때까지
숟가락을 밀어 넣었다.

북 주기

할머니 환갑날 술에 취한 아버지가
묵직한 손으로 울리던 북
어린 내 어깨 위에서
들썩거리던 신명과
뜨거웠던 기억을 잊지 못해
봄이면 아버지 감자밭에 북을 준다
고랑 흙을 파서 씨알이 굵어지도록
줄기가 흔들리지 않도록 덮어주는 것인데
감자도 누군가는 북돋워 주어야
튼실하게 여무는 것이다
백발의 할머니가 너풀거리며 춤을 추고
불볕더위와 바람의 묵직한 격려에
감자는 온 힘을 다해 지력을
끌어올리는 것이다

적赤

포도나무 붉은 목줄을 끌고 소환당한 저녁
마른 완두콩 넝쿨을 걷고
장미꽃 잎을 파종한 돌담
춘궁기를 작별하고 하얗게 탈색된 버찌
삭제된 연애의 기억도 한때는 붉었지
힘줄이 잘린 스페인 투우 소
떨어진 콕을 주워 석양의 옆구리를
스매싱한 배드민턴 라켓
슬레이트 골을 내려오는 고양이를 피해
뛰어내린 새의 혈관도
그림자에 포박당한 채 아쉬운 듯 끌려가던
가로등 불빛도 붉다
아직은, 묵비권을 행사하지만
단단하게 옥죄던 목줄도
결국 붉게 물들어 풀어질 것이다

아버지 유산

매미 울음으로 가득한 여름날
기억을 탈수한 쓰레기통
널어놓은 빨래처럼 건조된
추억의 행방이 궁금하다
호주머니 속 휘갈겨 쓴 연서나
취기를 비운 술병 모두
어디로 숨었을까
내 삶의 이력에서
커피, 설탕, 크림의 취향을 분리하던
백 마담의 생사가 궁금하다
보개다방 낡은 소파에
세월을 방전하던 아버지 불륜과
붉은 입술 자국 선명하던 찻잔은
어디로 흘러갔을까
즐거운 추억의 행방을 뒤적이는데
울음 가득한 기억의 창고에서

잊고 있던 아버지 유산이
덥석, 잡은 내 손을 놓아주지 않는다

살구나무 골목

쿨럭쿨럭 잔기침만 담장을 넘는다
살구나무 목을 옭아맨 빨랫줄은
볕 쬐는 살구색 내복을 흔들고
살구꽃 물이든 골목을 지나 산에 간 주인은
관공서 퇴근 시간에 맞춰 돌아왔다
가뭄에 큰 그늘이 들어 생기를 잃은 살구가
노랗게 익을수록 말라붙는 침샘
마른 잎들의 맹목적 구애에도
골목은 흔적 없이 지워질 수 있다는
공포로 채워진다
푸른 그늘을 쪼던 새들도
소리 없이 골목을 떴다
비의 부재에 맞춰
바람이 점령한 빨랫줄이 흐느끼고
얕은 돌담 틈에 뿌리내린 단풍이 먼저 시들었다
목을 졸린 살구나무가

노란 살구 한 알을 떨어트렸지만
대문을 걸어 잠근 주인은 기척이 없다.

살구나무 안부를 묻다

가뭄이 깊어 골목은 심기가 불편한 것인데
햇살 길어지고 나뭇잎 흔들리는 저녁 무렵은
조건 없이 행복해야 하는데
목덜미가 뜨거워지는 것은 담장 너머 누군가
심하게 뒷 담화를 까는 중일 것인데
정년의 그 날은 쉽게 오지 않을 것이므로
그리움에 목마른 살구나무는
아침마다 해맑은 미소를 말아먹은 것인데
바람에 흔들리던 초록 잎은 실핏줄이 터지고
빨간 토끼눈을 부릅뜬 채 푸드덕거리는 살구를
움켜쥐어 보는 것인데
당신을 향한 기도 발은 골목을 못 벗어나지
뭉개진 살굿빛이 그 가혹한 증표
지나가는 바람이 자꾸 네 안부를 묻는데
장엄한 일몰을 기억하는 바람은
자존감이 비워진 나무를 벽 쪽으로 밀어보는 것인데
그리움이란 낡은 단어의 부재가 아쉬운 것은

은근슬쩍 태양의 빈자리를 향해 뛰어내린
살구가 뭉개진 골목은 심기가 불편하고
먹이를 노리는 떼 까치가 음울한 노래로
살구나무 안부를 묻고 또 묻기 때문이다

풀

내가 본 것은
단잠 자던 풀들이 잠깐 송출한
녹색 꿈이었나 보다
겨울 동안 벼르고 별러 도달한
신기루인지도 모르지
그렇지 않고서야 저렇게
온몸에 힘을 빼고
날카로운 제초기에 제 몸을
내어줄 수는 없는 거지
담담하게 쓰러져
싱그런 향기를 뿌릴 수 없는 거지
풀은 땅속에 살고
가끔 손 흔들어
지상의 안부를 살핀다
억세진 유월의 꿈이 베어진 자리에는
연하고 부드러운 칠월의 새살이 돋겠지

냇가를 따라 가지런히 포개진 꿈을 향해
은빛 피라미가 솟구친다.

나무가 중심을 잡는 법

나무는 제각각 다른 자세로 중심을 잡는다
쭉 뻗은 메타스케어 생장점은 태양을 향하고
어떤 나무는 구름을 향해 굽은 손을 뻗는다
그런데도 나무가 중심을 잡는 것은
담쟁이 넝쿨처럼 나무에 기생하며
구부러진 척추를 바로 세우는
쓸쓸한 관계가 있다는 것이다
울음소리에 심취한 자목련은
무수의 귀를 활짝 열고
붉은 깃털을 주워 담으며 기울어지는데
쓰러질 듯 의기소침한 나무가 중심을 잡는 것은
새들이 날아간 방향을 향해 고정된
비에 젖은 눈빛 때문이다
바람 불면 바람을 끌어안고
푸른 계절을 격하게 공감하는 나무들
초록빛 멍 자국이 돌림병처럼 퍼질 때

관절의 통증을 붙잡아 준

뿌리 질긴 연대를 기억하기 때문이다

풍경 장례식

잠자리가 날아간 철제 난간
플래카드를 떼어낸 자리 헤진 노끈
붉은 입술을 달싹거리는 칸나를
물끄러미 바라보던 비워진 골목
녹슬어 떨어진 문 고리
파란 신주머니를 돌리며 멀어진 아이
낡은 대문 안에 숨어 칭얼대는
아이를 달래는 노인
이마의 횡으로 그어진 주름을
배어 나온 습기
연신 손수건을 흔들어 찍어 낸
허공 사이로 울컥 쏟아진 땡감
여태껏 참았던 울음을 왈칵
불러 젖힌 매미의 행방을
끝내 찾지 못한 풍경 장례식

횡재

개미가 노린재를 물고 간다
염치없이 흔들리던 미루나무가
휘파람을 불어 젖힌다
바람에 날아간 모자가
태양을 굴리고
무성한 넝쿨 속에
빛나는 호박.
구름이 하늘을 베어 문다
찰진 반죽에서
면발이 흐르고
칼을 넣고 푹 삶아낸
장마를 건져 올린다.

장마

그가 운다
후두두 제 발등 적시고
동그란 풍선을 불다가 반짝
하얀 이빨을 드러낸 채
호박 넝쿨을 물어뜯고 있다
제 안에 가득 찬 허름한 슬픔으로
빈혈의 시간을 적시고
엎질러진 초록 빛깔을
삭혀 내고 있다
누구든 떠나보내기 위해선
제가 먼저 젖어야 한다고
밋밋한 계절 위에 수직으로 서서
한철을 그가 운다.

비

지붕이 뭉개진다
창문이, 나무가
논두렁이 뭉개지고
천천히 다시 살아나는 지붕
구부러진 선이 직선이 되고
삽을 든 우비가 사라진다
자동차가 사라지고
비가 둥근 원을 그린다
허리 아래가 뭉개진 산마루가
불쑥 솟구치고
혜진네 포도밭 옆
장군 보살네 마당에 내린
빗물을 물고
검은 새가 수채화
밑그림을 그린다
운명은 빗속에 숨어
보이지 않는다.

감나무가 있는 풍경

잠자는 나무를 깨운 것은
바람 혹은 불륜
한동안 보이지 않던 감나무가
잠행의 시간을 털고
바지를 추켜 올린다
시간이 흐를수록 허물은 도드라져
단단한 등껍질 속에 숨었던
욕망의 민낯을 보여준다
아버지의 아버지 큰형님은
노름꾼 아들을 건너뛰고
장손에게 감나무를 상속했다
그러므로 음력 사월에는 향을 올리고
명백하게 증언해야 하는 것
열반에 들기 전
무음의 염불을 꿀꺽 삼킨 감나무가
연두색 사리를 울컥울컥 게워낸다
푸른 그늘에 빼곡하게 떨어트린

단단한 씨방에게
많이 부끄러웠다.

빗물로 쓴 일기

새벽부터 비가 내려
게이트볼장 지붕을 미끄러진 비가
배수관 속 어둠을 밀어내는 소리
여기는 오래전부터 내 자리였어
맨드라미 붉은 목젖을 젖히고
당당하게 허파 속을 파고든 비가
흄관을 역류해 맹지를 덮친 비가
옥천 둑을 무너뜨리고 키득거리지
양계장 노란 병아리 깃털을 적시고
파출소장과 방범 대장을 소환한 비는
순찰차 바퀴 어깨를 움켜잡고
안전화 발목을 꺾어 흔들며 노래 부르지
가뭄의 뒤통수를 후려치고
잿빛 구름 아래 숨어 들깨 순을 지르고
노루 털보다 가느다란 비가
칼국수처럼 퉁퉁 불은 비가 내리지
폭염을 견딘 논둑도 여지없이 무너트리고

허기진 오후를 구석구석 채우지
알량한 자존심도 버린 면사무소
마당을 점령한 비를 돌려세운 불안한 오후
후두두 후두두
갑자기 뒤돌아 또다시 흐느끼는 비
울다가 지쳐 제 몸을 할퀴고
몸부림치다가 스르르 무너져
비로소 순해진 비가 내렸지

늙은 무용가

차령산맥 배꼽에서
가시 왕관으로 머리를 휘감은
늙은 무용가가 걸어 나온다
포스터 위에 빗물이 뿌려져
짙은 눈 화장이 지워지고
턱이 잘려 나가 그로테스크한 입술
춤이 된 그녀가 내려온다
탕, 쓰러진 순간 완성된 풍경
둥지에 숨은 새가 총알처럼 날아오르고
라즈니쉬를 유혹했던 치명적 바람에
떡갈나무들이 벌떡 일어나
빗물과 공포가 버무려진
박수가 흘러넘친다
그녀가 젖은 옷을 벗어 던질 때마다
무대는 윙윙거리는 몽골 음악이 채워지고
피를 철철 흘리며

깔깔거리는 그녀 때문에
비도 더는 내리지 않는다

낚시

나이 육십이 되니 산 사람보다
죽은 사람에 대한 추억 때문에 깊이 잠들지 못한다
뒤돌아보지 않아도 뒷덜미가 서늘해지고 걸음은 느려졌다
저수지보다 작은 방죽에는 투신한 햇살이 바글바글 끓어
오르고
재즈는 듣고만 있어도 눈물이 났다
물비린내에 중독된 낚시꾼 사이를 기웃거리던 흙바람도
털퍼덕 눌러앉아 입질이 올 때를 기다리며 허리를 비틀었다
둥근 파문 속에 풀어놓은 권태를 덥석 물어버린 봄날
한 때 얼기설기 얽힌 악연의 시의원이
흰 이빨을 드러내며 한참, 설레발을 떨구고 사라지고
쭈글쭈글 부적처럼 경로당에 던져졌던 노인들도
독한 담배 한 개비씩 입속에 털어 넣고
피리 소리에 홀린 듯 방죽으로 흘러왔다
질척질척한 둑길에 던져져 꾸겨진 청첩장을
깃털이 뽑힌 산비둘기가 쪼아대며 허기를 달래고
행여 명당자리를 빼앗길까 두려운 바람만

장송곡처럼 착 가라앉은 오후

수초 사이사이 노란 알을 싸지른 붕어 떼가 가쁜 숨을 몰아
쉬는지

무수의 물방울이 폭죽처럼 터진다.

구름의 생애

구름이 헤드라이트를 켠다
시동을 걸고 바람을 몰아
길을 만든다
후두두 경적을 울리며
수직의 길을 낸다
구름 속 붉은 알갱이가
늙은 이파리를 물들인다
구름을 하염없이 쳐다보던 나무가
주르륵 눈물을 흘리고
젖은 길 위에 낙엽이 파르르 떤다
구름은 숨죽여 노래 부르고
순하게 저녁을 넘어
어둠에 묻힌다
아쉬움 따위는 들키지 않겠다는 각오로
눈물을 훔친다
구름의 길이 천천히 지워진다

사과가 필요 없는 '탈주_{脫走}'를 위하여

—김동선 시의 근저_{根柢} 탐색

백인덕 | 시인

1.

세계는 끊임없이 오직 '쓸모'를 기준으로 재편된다, 고 하면 과연 지나친 비약일까? 나아가 그 쓸모마저 사용가치가 아닌 교환가치, 즉 순식간에 무엇으로 바꿀 수 있고, 그것은 다시 그 자체가 아니라 보다 상위라 여겨지는 다른 가치 체계의 보증保證이 될 수 있는 표지로 바뀌기만 한다고 하면 지나친 회의주의가 될까? 이런 물음은 철학이나 사상, 시의 경우에는 이론이나 비평에나 관련하는 것처럼 보이지만 사실은 우리의 '삶'으로 통칭되는 생활과 시작詩作의 근거에 관한 것이다. 다시 말해, 일상적 자아와 시적 자아가 공통으로 겪게 되는 어떤 곤란과 관계가 있다. 미세한 차이는 '일탈과 '탈주'라는 비슷하지만 전혀 다른 함의含意로 구분되는 용어와 관계한다. 이와 관련하여 김동선 시인은 「시인의 말」에서 "선심 쓰듯 던져진 시간 위에 끼적거린 것, 고작 그것이 전부였던 세월. 남루한 공무원 일상 속에 숨어 슬쩍 발을 들이밀었던 천박하고 흔한 기록과 기억이 어쩌면 당신의 상처를 위로할지도 모른다는 소박한 꿈, 멍하게 구름을 올려본 낡은 일탈이 한때 당신 가슴을 적셨던 유행가 가사처럼 그렇게 쓰였으면 하는 바람 삼십 년 동안 내 등을 떠밀던 그 쓸쓸한 바람이 잦아들고 있음을 느낀다."고 술회하고 있다. 잠시 이 고백을 풀어보면, 시인에게 시작은 '공무원 일상' 속에 숨긴 '소박한 꿈', 즉 '일탈의 바람'이었다.(물론 이 '바람'은 '희希'와 '풍風'을 중의적으로 껴안는다.) 그런데 이제 그 삼십 년 동안이나 내 등을 떠밀던 그 쓸쓸한 '바람'이 잦아들고 있음을 시인은 뼈저리게 느낀다. 이 회한은 약간의 착오에서 비롯하는 것으로 보인다. '탈주의 길'이 이미 시작되었는데, 아직도 시인이 '일탈의 시간'에 멈춰있거나 그 결정적 변화를 확실하게 인식하지 못했기 때문일 것이다.

문을 열 때마다 울음소리가 난다
낡은 경첩이 무게를 견디는 소리
흰 페인트가 벗겨진 자리에

붉은 녹물이 번진다

녹은

끓어오르다가 식은 날들

흰 페인트를 뒤집어쓴 채

아무도 알아주지 않던 날들을 견디고

제 몸을 화폭 삼아

뜨거운 용광로 속 기억을 그려낸다

철컥

문이 잠기고 마침내

어둠에 갇힌 붉은 헛발질이

제 모습을 드러내고

장렬하게 산화하는 중이다

— 「녹슨 경첩」 전문

　이 작품은 '일탈과 탈주의 차이'를 잘 보여주는 수작秀作이
다. 우선 '경첩'이라는 대상이 형상화 하고자 하는 의미에 걸
맞고 지시적 의미가 확고한 사물이기 때문에 구체성을 확보
하기 쉽기 때문이다. 시를 따라가 보자. '녹슨 경첩'은 말 그대
로 "흰 페인트가 벗겨진 자리에/붉은 녹물이 번"질 만큼 오
래 시간을 한 자리에 있었다는 것을 의미한다. 하지만 동시에
'녹슨'은 시간의 경과 이상을 함축한다. 바로 '경첩'의 질적
변화가 이루어졌다는 것이다. 문을 열면 '울음소리'라는 타자

지향(남에게 들리는)으로 존재가 드러나지만, 문이 잠기면 마침내 "어둠에 갇힌 붉은 헛발질이/제 모습을 드러내고/장렬하게 산화"한다.(여기서도 역시 '산화'는 철이 산소와 만나 부식하는 '酸化'와 더 높은 가치를 향해 자기를 희생하는 '散華'의 의미를 중의적으로 함축한다.) 즉, 혼자일 때는 비록 '헛발질'일지라도 자기 지향을 구체화 한다. '녹슨 경첩'에서 시인이 읽어낸 이 두 개의 의미가 바로 일탈과 탈주의 차이를 그대로 유비한다.

간단하게 말해 '일탈'은 변화 자체를 목적으로 하지 않고 일탈 이전의 상황을 보다 건강하게, 혹은 더 오래 지속하기 위한 도구적 속성을 갖는다. 그에 반해 '탈주'는 벗어난 그 시점, 지점으로 되돌아가지 않겠다는 강한 의지를 내포한다. 탈주에는 오직 길과 그 끝이자 시작인 매듭으로서의 잠시 머무름이 존재할 뿐이다. 김동선 시인은 많은 시편에서 '공무원'이었던 존재 상황과 당시의 정서적 반응을 보여준다.(첫 시집이기에 작품의 제작 시기를 확실하게 파악할 수 없다. 습작기 작품이 함께 묶였다면 실제 그 시절에 쓰인 것들도 있을 것이다.) 하지만 그때의 일탈은 다시 시도할 수조차 없다. 왜냐하면 시인의 존재 상황은 이미 탈주의 인식(시간적으로나 '시인'이 된 자격의 변화에 의해서도)에 의해서만 시작을 지속할 수 있게 불가역적으로 변해버렸기 때문이다.

서설에서 비약이 지나쳐 이번 시집의 특질까지 앞서 거론하고 말았다. 시인의 시적 인식은 '바람'을 바꾸는 데서 변화가 시작되는 것이 아니라 자기 존재를 끊임없이 재인식하는데서 비롯하고 결실을 맺는다.

> 젊음은 늙은 틈새에 기생하는
> 박주가리 같은 것
> 깃털처럼 가벼운 탈선을 꿈꾸다가
> 빙빙 돌며 지상의 풍향을 경계하다가
> 기력이 다한 씨앗은
> 낯선 골목 위에 하얗게 뭉개진다
> 내 가슴은 쿵, 한꺼번에 무너진다
> 왜 하필이면 단단한 시멘트 위란 말인가
> 의문의 단서를 풀어줄 노래는 낯설고
> 단단한 곳에 뿌리내리고
> 살아간다는 것은 고독한 일
> 그러므로 박주가리 덩굴을 헤집고 가는 노인이
> 걸음을 옮길 때마다 골목길엔
> 깊은 주름이 새겨지는 것이다
>
> ─「박주가리」 전문

인용 작품은 일종의 보편 명제로 시작된다. "젊음은 늙은 틈새에 기생하는/박주가리 같은 것"이다. 왜냐하면 "깃털처럼 가벼운 탈선을 꿈꾸다가/빙빙 돌며 지상의 풍향을 경계하다가/기력을 다한 씨앗은/낯선 골목 위에 하얗게 뭉개"지기 때문이다. 우리 일생을 환유적으로 풀어쓰면서 '젊음'을 시인의 방식으로 정의하고자 한다. 그런데 왜 하필 '박주가리'인가, 그것이 바로 시인의 개성이다. 자기 체험에서 끌어올린 시인만의 언어이고 방식인 것이다. 이는 다른 작품, 「처서」에 등장하는 "그리워지면 그냥/붉게 타오른 백일홍을 보고/유년의 기억을 꺼내/박주가리 꽃잎을 후후 불면/여전히 저녁놀은 붉게 물드네요"라는 부분을 통해 반증된다. 박주가리는 시인에게 있어 실제 체험의 대상이고 또한 유년의 기억으로 각인 되어 있기 때문에 자연스럽게 보편적 명제를 형상화하는데 선택될 수 있었던 것이다.

2.

김동선 시인의 시적 계기는 존재의 비극성을 확인하게 되는 순간이다. 그 근저에는 두 개의 큰 흐름이 있어 서로 충돌하기도 하고 때로는 뒤섞이면서 시작을 곤란에 빠뜨리거나 뜻밖의 결과를 산출하도록 돕기도 한다. 그 한 갈래는 '어머니와 아버지'가 대표하는 유년의 '기억'이다. 다른 하나는 '공

무원'이라는 신분 호칭으로 등장하는 현실 '체험'의 비극성
이 있다. 이 두 갈래는 시인의 내면세계를 지탱하는 힘이자
동시에 억압으로 작용한다.

> 할머니 환갑날 술에 취한 아버지가
> 묵직한 손으로 울리던 북
> 어린 내 어깨 위에서
> 들썩거리던 신명과
> 뜨거웠던 기억을 잊지 못해
> 봄이면 아버지 감자밭에 북을 준다
> 고랑 흙을 파서 씨알이 굵어지도록
> 줄기가 흔들리지 않도록 덮어주는 것인데
> 감자도 누군가는 북돋워 주어야
> 튼실하게 여무는 것이다
> 백발의 할머니가 너풀거리며 춤을 추고
> 불볕더위와 바람의 묵직한 격려에
> 감자는 온 힘을 다해 지력을
> 끌어올리는 것이다
>
> ―「북 주기」 전문

> 어머니는 아침부터 그늘 타령이다
> 하루가 다르게 크는 자작나무
> 그늘 들면 되는 곡식이 없다고

잡초를 뽑는 내내 그늘 탓은
무너진 담장 사이로
스며들어올지 모르는 흉측한 소문을
밀어내는 주문 같은 것이다
남자 그늘이 있어야 든든하다며 어머니는
온종일 그늘을 들어내다가
아예 나무를 베어 버렸지만
중풍에 쓰러져 돌아가신 아버지는

—「그늘」 전문

   이 두 인용 작품은 김동선 시인의 오랜 습작의 저력을 여실
히 드러내고 있다. 작품이 보여주는 구체성은 말할 것도 없
고 군더더기 없는 깔끔한 시행의 전개 또한 인상적이다. 무
엇보다도 자신의 시세계를 구축하는 기반으로 선택한 장면
들이 인상적이다.
   앞 작품, 「북 주기」는 표제의 참신한 만큼이나 상징성과
그 여운이 강하게 독자를 사로잡는다. 시인은 "술 취한 아버
지가/묵직한 손으로 울리던 북/어린 내 어깨 위에서/들썩거
리던 신명과/뜨거웠던 기억을" 잊지 못한다. 할머니, 그러니
까 아버지의 어머니의 환갑날, 어린 자식인 시인의 어깨가
들썩거릴 정도로 북을 울리던 아버지는 시인에게 선망의 대

상이자 결코 따라가서는 안 되는 전형典型이라는 이중성을 갖는다. '묵직한 손'은 오랜 노동의 결과를 드러낸다. 그 노동은 불가피하지만 바람직한 것은 아니다. 세상을 좀 더 용이하게 큰소리치며 살 수 있는 방법이 있으리라 생각하는 것은 어린 나에게는 지극히 자연스러운 발상이다. 반면, 신명을 부르는 북 장단은 아버지의 다른 면, 즉 신명이 의미하는 낭만성과 예인藝人의 기질을 의미한다. 하지만 이 마저도 시인이 본 받아서는 안 된다. 왜냐하면, 그것은 곧 완전한 일탈이고 '세월을 방전하는/불륜'(「아버지의 유산」)에 지나지 않기 때문이다. 하지만 이런 경계는 내적 지향이라는 측면에서 생각하면 부질없었다는 것이 드러난다. 시인이 예인이나 낭만적 기질을 스스로 제어하며 지탱한 생활 속에서도 아버지를 닮아가는 자신을 발견하기 때문이다. "한 달 내내 북어를 먹고/푸른 바다를 쌌다/낯빛이/검은 먹태로 변해갔다/목구멍에 해장국을 흘려 넣으며/바다의 깊이를 쟀다/취한 눈이 깊어지고/부르튼 입술에서 지느러미가 돋았다/제사상 위에 깨끗이 손질된/북어의 전생을 진설했다/바다를 헤엄쳐 온 아버지가 북어를 보고/싱긋 웃어 주었다"(「북어」) 시인은 북어를 닮아가는 것처럼 쓰려하지만 그 이면의 의미는 아버지를 닮아가는 시인의 모습이 고스란히 담겨 있다.

어머니는 아버지와 시인의 이 기질과 성향의 닮음을 누구보다 먼저 파악했기 때문에 시인의 내면마저도 보호하려는 의도를 갖게 된다. 두 번째 작품인 「그늘」은 앞의 다른 시어들과 마찬가지로 '배경과 장애'라는 이중의 의미를 갖는다. 어머니는 '곡식'을 향해서는 '그늘'을 들어내라고 성화를 하지만, 정작 "남자 그늘이 있어야 든든하다며" 시인을 잡아두고자 한다. 여기서도 아버지는 어떤 결여("중풍에 쓰러져 돌아가신 아버지")로 형상화될 뿐이다. 시인이 보기에 "늙은 엄마의 뜰/숲으로 포위된 작은 빈터"(「백일홍」)엔 여전히 온전치 못한 곡식류(생활의 제유)가 넘쳐나고, "가난이나 쓸쓸함이나 그런 것들/여간해선 속내를 드러내지 않"을 뿐이다.

좀 성기게 살펴봤지만, 시인의 시적 근거로서 유년의 기억은 아버지와 어머니로 상징화된 상충하는 두 바람이 충돌해서 혼란스럽고 힘들었던 시기라고 할 수 있을 것이다.

정해진 알람보다 먼저 잠 깬 새벽
숙취로 출렁거리는 머릿속은
보고, 결재, 회의, 민원
주로 두 자로 된 단어가 파노라마처럼 돌아가지
월요일은 정말 눈 뜨기 싫어
생각을 말아야지 할수록 잠은 달아나고

희끗희끗 돋아난 수염을 밀고
숱 없는 머리칼을 바싹 세우고
별빛에 흔들리다가 떨어진 이파리에 대한
나무의 회한을 추궁한다
폭설에 점령당한 출근길은 정말 싫어
명퇴를 할까 공로연수를 갈까
소란스럽게 눈이 내리고
어깨를 웅크린 채 투덜거리며
이미 굳어 버린 나무의 각질과
종아리 정맥류에 대해 분노한다
사무실 세콤 붉은빛이 초록으로 바뀔 때까지
명퇴라는 불치병을 앓는다

—「눈 내리면 명퇴를 꿈꾼다」 전문

시집에 등장하는 '보개면'이라는 지명과 '공무원'이라는 호칭을 통해 유추하면 성년 이후 시인의 삶은 철저하게 '생활'이라는 이름의 체계적 방식에 순응했다고 할 수 있다. 하지만 인용 작품에 드러나듯 그 생활은 깊어지는 것이 아니라 일종의 '분노'를 쌓게 한다. "이미 굳어버린 나무의 각질과/ 종아리 정맥류에 대해 분노한다"는 것은 따라서 아무 의미가 없는 습관이면서 동시에 내면의 자아를 살려두는 위험한 행위다. '눈'의 낭만성, 아니 눈이 공평하게 보편성을 증명하며 인과에 벗어나 모든 사람들 머리 위에 쏟아진다는 사실에서 '눈 내리면 명퇴를 꿈꾼다'는 시인의 바람은 현대인의 '일탈 심리'를 그대로 드러낸다.

따라서 「시인의 말」을 다시 볼 필요가 있는데, 어떨 때 어떤 바람이 일었는가가 아니라 시인이 반복하는 일상의 거대한 압력과 고통 속에서도 그 '바람'을 결코 멈추지 않았다는 데서 그 의미를 다시 찾아야 한다. 그렇게 이해하면 김동선 시인은 상황에 끌려 온 것이 아니라 스스로 그 상황을 조정하면서 '시인의 길', 즉 탈주의 순간을 예비했다고 할 수 있다.

3.

김동선 시인은 뛰어난 '경작인耕作人'이다. 농부라 하지 않은 것은 농업을 무시해서가 아니라 아직도 농부라는 명칭에는 자연과 관계하는, 불가항력적인 요소가 남은 듯과 같은 뉘앙스가 들어있기 때문이다. 즉 시인이 체화體化한 관찰력과 언어를 사용하는 현대적인 기법, 중층적인 의미를 형성하는 방식 등이 묻혀버릴까 싶어 '경작인'이라는 조어를 썼다.

이번 시집을 자세히 읽기만 한다면 곧바로 확인할 수 있지만, 시인은 나무의 생태와 농사와 관련된 계절, 가령 망종이나 한식, 백중 등을 표제로 한 작품에서 보이는 지식이 풍부하다. 게다가 2부를 가득 채운 '꽃'의 경우에도 그 다양성과

더불어 작품 하나하나가 꽃에 대한 피상적 감상이 아니라
자기 경험과 관련한 인식의 결과라는 점도 주목할 만 하다.
　하지만 이번 시집에서 가장 주목할 부분은 현재의 일상을
시적 지향과 연결하여 삶 속에서 시를 길어 올리고자 하는
부단한 시도다.

　　언제부터 엄지손가락이 구부러졌는지
　　바로 세울 때마다 탕탕 통증이 밀려온다
　　늦가을 구멍 파고 양파를 심는데
　　구부러진 모종은 똑바로 서지 못한다
　　의기소침 구부러진 것들을 위해
　　엄지손가락을 함께 묻고 토닥거린다
　　새봄이 되면 춥고 아픈 기억을 털어내고
　　튼실한 손가락이 돋았으면 좋겠다
　　의사는 방아쇠 수지라는 처방을 내렸고
　　똑바로 서지 못한 것이 부끄러울 때마다
　　나는 주먹을 움켜쥐고 살았다
　　엄지 척'최고야'를 외치던 시절이 그리울 때는
　　손가락을 잘라버린 친구와 술을 마셨다
　　비 오는 밤이 깊으면 뼛속까지 시리다고
　　뒷동산 늙은 나무도 구부정하게 돌아앉는데
　　가슴 짝 펴고 바람을 안아주던
　　시절을 그리워할 뿐

벌떡 일어서지 못하는 노구가 부끄러웠다
밑에서부터 밀어 올리는 신경 줄이 막혀
한번 구부러진 산길은 펴지지 않고
늙은 산은 푸른 빗물에 몸을 담그고
새순이 돋아날 때를 기다리는지 미동도 하지 않는다
나도 차라리 굽은 손가락을
잘라버리고 싶은 날들이 있다

—「구부러진 날들」 전문

그 누구도 거부하거나 거역할 수 없는 시간의 흐름 속에서
"바로 세울 때마다 탕탕 통증이 밀려"오는 '굽은 손가락을'
을 그대로 전사轉寫하지만, "나도 차라리 굽은 손가락을/잘
라버리고 싶은 날들이 있다" 고백하지만 그게 다가 아니다.
김동선 시인은 어쩌면 아직도 '와신상담臥薪嘗膽' 중인지 모
른다. 버려진 쪽파가 "잠시 지상의 한때를 버리고/어두운
땅속에서 은밀하게/쪽수를 늘리고 있었던 거다/새로운 생
의 밑그림을 그리며/이별의 단서를/갈무리하고 있었던 거
다/시들시들한 치욕을 깨워/알갱이를 채우고 있었던 거"처
럼 잡초 아래나 심지어 쓰레기 더미에 묻혀서도 그 생기生氣
를 다시 가득 채워 "버린다고 모두다/조용히 사라지는 것은
아니라는 걸/누군가는 기억해야 한다."는 명제를 사실로 우
리에게 증명하고자 하는 것인지도 모른다.